DYNA RYFEDD!

Dechrau mis Tachwedd oedd hi, a'r teulu wedi bod yn prynu bocseidiau o dân gwyllt yn y dre ar gyfer noson Guto Ffowc. Roedd yn tywallt y glaw erbyn hyn, a hwythau ar eu ffordd adre yn y car.

'Mae'n anodd gweld,' grwgnachodd Dad yn flin wrth iddo graffu drwy'r ffenest flaen.

Arafodd ychydig wrth lywio drwy bwll anferth nes bod y dŵr yn tasgu i'r chwith ac i'r dde o bobtu'r car.

Roedd Iwan a Siw yn eistedd ar y sedd ôl. Doedd dim ots ganddyn nhw am y glaw. Roedden nhw'n craffu drwy'r smotiau glaw ar y ffenest, ac yn meddwl am noson tân gwyllt yn y pentre ymhen ychydig ddyddiau, ac am y goelcerth fawr fyddai ar y cae chwarae.

'Stopiwch, Dad!' gwaeddodd Iwan yn sydyn.

'Pam? Be sy?' holodd Dad yn syn.

'Mae rhywun yn y ffos!'

Brêciodd Dad yn sydyn nes i bawb blycio 'mlaen yn eu gwregysau diogelwch.

'Bryn! Gwylia!' dwrdiodd Mam yn y sedd flaen.

Trodd pawb i graffu'n ôl. Ond roedd diferion glaw ar y ffenest a doedd dim modd iddynt weld yn iawn.

'Wyt ti'n siŵr dy fod ti wedi gweld rhywbeth, Iwan?' holodd Dad. 'Wela i ddim byd.'

Rhwbiodd Iwan y niwl oedd y tu mewn i'r ffenest a chraffu drwy'r gwydr gwlyb. 'Mae 'na rywun yna,' meddai'n bendant.

Craffodd Siw'n ôl hefyd. 'Tybed oes rhywun wedi brifo?' holodd.

Dringodd pawb o'r car a brysio at y ffos, a syllu'n syn wedyn ar y ffigur gwlyb socian a orweddai yno.

'Dyna ryfedd,' meddai Mam wrth edrych arno.

Roedd ganddo ddwy fraich ar led,

a dwy goes heglog,

a chroen pinc/oren,

a cheg yn gwenu'n llydan,

DYNA RYFEDD!

MAIR WYNN HUGHES

Dymuna'r cyhoeddwyr
gydnabod cymorth
Adrannau Cyngor Llyfrau Cymru

Cyhoeddwyd ac argraffwyd gan
Wasg y Bwthyn, Caernarfon

a llygaid ar gau,
a gwallt yn glynu'n od ar ei ben,
a jîns tyn,
a chrys chwys,
ac esgidiau rhwyllog.
    Ac roedd o'n gorwedd yn swp gwlyb llonydd
yn y ffos.

Syllodd pawb i lawr arno.

'Oes eisio i mi ffonio am ambiwlans?' holodd Siw yn bryderus.

Chwarddodd Dad.

'Un o'r modelau hynny o ffenest y siop ddillad yn y dre ydi o. Mae rhywun wedi ei daflu heibio. Dowch yn ôl i'r car, da chi, neu mi fyddwn ninnau'n wlyb socian.'

'Gawn ni fynd â fo adre?' gofynnodd Siw.

'Na chewch wir,' meddai Dad yn bendant.

'O Dad!' ebychodd Iwan a Siw yn siomedig.

Roedden nhw'n credu bod y model yn edrych yn oer a digalon iawn.

'Ddylai pobl ddim taflu pethau i'r ffos,' meddai Iwan. 'Rhaid i bawb ofalu am yr amgylchedd.'

'Mi fydd y Cyngor yn siŵr o anfon lorri sbwriel i'w nôl,' meddai Dad.

'Pam na chawn ni fynd â fo adre a'i gadw yn y sied?' holodd Siw eto.

'Does dim lle,' meddai Mam. 'Mae 'na ddigon o lanast yno'n barod.'

Brysiodd eu rhieni'n ôl am y car a chau'r drysau'n glep.

Ond doedd Iwan a Siw ddim eisio gadael y model yn gorwedd yn y ffos. Cyrcydodd y ddau i syllu arno. Roedd yn edrych yn unig, ac yn oer, ac yn wlyb iawn.

'Mi fuasai'n gwneud Guto Ffowc ardderchog,' meddai Iwan. 'Nid i'w losgi ar ben y goelcerth, ond i fynd â fo o gwmpas mewn pram i gasglu arian at achos da.'

Roedden nhw'n casglu at Ambiwlans Awyr

Cymru yn yr ysgol ers wythnosau – byth er pan fu'n rhaid mynd â Mrs Pugh, y brifathrawes, i'r ysbyty wedi iddi ddisgyn a tharo'i phen yn y coridor.

Roedd pawb yn yr ysgol wedi gwylio'n gegarored wrth i'r ambiwlans awyr hofran uwchben a glanio yn y cae cyfagos. Roedd Mrs Pugh wedi cael ei chario ar stretsier i mewn iddi. Ond, wrth lwc, doedd hi ddim wedi brifo'n ddrwg iawn, ac roedd hi'n ôl wrth ei gwaith o fewn ychydig amser.

'Ia,' cytunodd Siw. 'Mi fuasen ni'n medru rhoi sgarff rygbi am ei wddf a chap gwlân am ei ben, ac arwydd mawr ar ei lin. Rhywbeth fel – Cefnogwch Ambiwlans Awyr Cymru.'

Roedden nhw wedi anghofio am y glaw erbyn hyn, er ei fod yn dal i bistyllio.

Swniodd Dad y corn yn ddiamynedd. Unwaith! Dwywaith! Tair gwaith!

'Blant!' galwodd gan agor y ffenest flaen a rhoi ei ben allan am eiliad, cyn ei chau'n sydyn wedyn rhag y glaw.

Ond doedd Iwan a Siw ddim yn gwrando. Roedden nhw'n dal i gyrcydu ac edrych ar y model, ac yn meddwl pa mor ardderchog fuasai cael mynd â fo adre a'i ddefnyddio i gasglu arian.

'Mae o'n edrych yn fyw rywsut,' meddai Iwan. Estynnodd ei fys yn ansicr i gyffwrdd ynddo.

'O!' ebychodd gan dynnu'i fys yn ôl yn frysiog. 'Mae o'n teimlo'n gynnes!'

'Cer o'ma!' chwarddodd Siw. 'Dydi modelau ddim yn gynnes, siŵr iawn. Maen nhw wedi'u gwneud o blastig!'

'Cyffyrdda di ynddo fo, ta,' heriodd Iwan.

Estynnodd Siw i gyffwrdd ynddo hefyd, ond tynnodd hithau ei bys yn ôl yn frysiog.

'Mae o *yn* gynnes,' rhyfeddodd.

'Ddeudis i, do?' meddai Iwan.

'Iwan! Siw!' galwodd Dad drwy'r ffenest eto. Roedd o bron â cholli'i limpin erbyn hyn. 'Dowch yn eich blaenau, da chi.'

'Dŵad rŵan,' galwodd y ddau'n anfodlon.

Doedden nhw ddim eisio mynd i'r car, nac eisio gadael y model ar ôl chwaith. Beth pe bai rhywun arall yn ei nôl? Fuasai ganddyn nhw ddim Guto Ffowc ardderchog i gasglu arian wedyn.

Rhedodd y ddau at y car ac agor y drws cefn

ychydig bach er mwyn siarad efo'u rhieni.

'Mi fuasai'r model yn gwneud Guto Ffowc ardderchog,' meddai Iwan.

'Nid i'w losgi, ond i'w roi yn y pram i gasglu arian at Ambiwlans Awyr Cymru,' ychwanegodd Siw.

'Biti na fuasen ni'n cael mynd â fo adre,' meddai Iwan gan edrych yn erfyniol ar ei rieni.

'Ia. Biti garw,' meddai Siw.

'O'r gorau,' meddai Dad yn ddiflas. 'Ewch i'w nôl a'i roi yng nghist y car. A chaewch y drws 'na. Mae'r glaw yn dod i mewn.'

'Grêt!' meddai Iwan a Siw gan redeg yn ôl at y ffos.

Ond sut oedden nhw am lwyddo i godi'r model o'r ffos? Roedd o'n edrych yn drwm a heglog iawn.

'Gafaela di yn ei draed, ac mi afaela inna yn ei ysgwyddau,' meddai Iwan.

Gafaelodd y ddau ynddo a thynnu eu gorau glas.

'Mi gei di aros yn y sied,' meddai Siw wrth y model. 'Mi fyddi di'n glyd a chynnes yn fan'no.'

'Paid â bod yn hurt,' meddai Iwan gan dynhau

ei afael a thynnu'n egnïol. 'Dydi'r model ddim yn clywed 'run gair, siŵr iawn.'

Bustachodd y ddau i'w dynnu o'r ffos. Ond roedd eu dwylo'n wlyb, eu bysedd yn oer, a'r model yn swp trwm a'i goesau'n heglog a llipa.

'Un hwb eto,' meddai'r ddau wrth dynnu a thynnu.

Llwyddwyd i'w godi o'r ffos o'r diwedd. Ond

cyn gynted ag y llwyddon nhw, fe lithrodd drwy eu dwylo a disgyn efo clec anferth ar wyneb y ffordd.

'Pam na fuaset ti'n dal dy afael ynddo fo?' cwynodd Iwan.

'Pam na fuaset ti?' meddai Siw. 'Y chdi ollyngodd o.'

Safodd y ddau o bobtu'r model a dechrau ffraeo o ddifri. Roedd eu hwynebau'n wlyb oherwydd y glaw, ond roedden nhw'n rhy brysur yn ffraeo i sylwi. Syllodd y ddau'n gas ar ei gilydd.

'Dy syniad di oedd mynd â fo adre,' meddai Siw.

'Nage. Dy syniad di,' meddai Iwan.

Swniodd Dad y corn yn ddiamynedd unwaith eto. Doedd o ddim yn bwriadu gwlychu wrth agor y ffenest i alw arnynt eto.

'Brysia! Gafaela ynddo fo,' meddai Iwan. 'A phaid â'i ollwng y tro yma.'

'Hy!' meddai Siw yn flin.

Roedd y ddau ar fin plygu i ailafael ynddo pan glywsant lais . . .

'So-ri!'

'Iawn,' meddai Siw gan dybio mai Iwan oedd wedi ymddiheuro.

'Iawn be?' holodd Iwan.

'Y chdi ddywedodd "sori",' meddai Siw.

'Wnes i ddim.'

'Do, jest rŵan,' meddai Siw.

'Naddo . . .'

Ataliodd Iwan ei hun yn sydyn wrth glywed sŵn rhyfedd yn dod o rywle wrth ei draed. Sŵn fel pe bai rhywun yn clirio'i wddf. Roedd Siw wedi clywed y sŵn hefyd. Rhewodd y ddau.

Gafaelodd Siw ym mraich ei brawd. 'Glywaist ti?' holodd a'i llygaid fel soseri.

'Do,' meddai Iwan yn syn.

Edrychodd y ddau ar y ffigur pinc/oren ar wyneb y ffordd. Roedd yn gorwedd yno'n llipa fel o'r blaen. Pwy oedd wedi clirio'i wddf, felly? Syllodd y ddau o'u cwmpas, ond doedd neb arall i'w weld yn unlle. Dim ond y nhw ill dau, a'u rhieni yn y car, a'r model yn gorwedd yn llipa wlyb ar wyneb y ffordd.

'Dychmygu wnaethon ni, te?' meddai Iwan yn annifyr.

'Ia, mae'n rhaid,' meddai Siw.

Roedden nhw wedi plygu i geisio codi'r model unwaith yn rhagor, pan agorodd ei lygaid ac edrych arnynt.

'Sori,' meddai'r llais cryglyd eto.

Gollyngodd y ddau ei gorff llipa a neidio oddi wrtho.

'Ewcs!' ebychodd Siw yn syn.

Galwodd Dad yn ffyrnig unwaith eto. Roedd o wedi camu o'r car yn wyllt gynddeiriog erbyn hyn.

'Dowch yn eich blaenau, da chi, neu mi fyddwn ni'n mynd hebddoch chi,' bloeddiodd.

Agorodd gist y car ac amneidio arnyn nhw i roi'r model i mewn ynddi ar unwaith. 'Brysiwch!' gorchmynnodd gan gysgodi yng nghysgod y gist agored rhag y glaw.

'Ymm!' meddai Iwan ac edrych ar Siw.

'Ymm!' meddai Siw ac edrych ar Iwan.

Syllodd y ddau ar y model gan ddisgwyl iddo ddweud rhywbeth arall. Ond roedd o'n gorwedd ar y ffordd a'i lygaid ynghau. A doedd ganddyn nhw ddim amser i ddyfalu rhagor. Roedd Dad yn aros amdanynt, yn wyllt gacwn.

Mentrodd y ddau afael yn y model unwaith eto a hanner ei lusgo i gyfeiriad y car. Yna gafaelodd Dad ynddo a'i wthio rywsut-rywsut i'r gist cyn cau'r caead yn glep.

'Mi agorodd o ei lygaid,' meddai Siw yn llawn cyffro, wedi iddi neidio i'r sedd ôl.

'Do, wir,' meddai Iwan. 'A dweud "Sori" wrthon ni hefyd.'

'Dweud sori?' chwarddodd Mam.

'Rwtsh!' meddai Dad. Refiodd yr injan a pharatoi i ailgychwyn.

'Ond mi wnaeth o, Dad,' meddai Iwan a Siw. 'Mi glywson ni o.'

Edrychodd eu rhieni ar ei gilydd.

'Wel,' meddai Mam o'r diwedd. 'Mi welais i barot plastig mewn siop deganau unwaith efo peiriant yn ei fol i ddweud "Helô" wrth y cwsmeriaid. Ond welais i 'run model ffenest siop a hwnnw'n siarad chwaith.'

'O!' meddai Iwan a Siw braidd yn siomedig. Roedden nhw wedi credu'n siŵr bod ganddyn nhw fodel arbennig i'w roi yn y pram, i'w wthio o gwmpas i fynd i gasglu arian at yr achos da drannoeth.

'Rhaid ei gadw yn y sied ar unwaith,' meddai Dad wedi iddyn nhw gyrraedd adre. Brysiodd i dynnu'r model o gist y car a'i gario dros ei ysgwydd i'r sied. Gollyngodd ef ar y llawr concrit.

'Brysiwch, da chi, er mwyn ichi gael tynnu'r dillad gwlyb 'na,' gorchmynnodd wrth y plant cyn iddo gychwyn am y tŷ.

Arhosodd Iwan a Siw yn y sied am ychydig funudau.

'Mi fyddi di'n glyd a chynnes yma,' meddai Siw wrth y model.

'Ond mae'r llawr concrit yn oer i orwedd arno,' meddai Iwan.

Llusgodd y ddau y model at y gornel a'i roi i eistedd ar y sach tatws oedd yno.

'Mi fyddi di'n iawn rŵan,' meddai'r ddau.

Ond wnaeth y model ddim ateb. Roedd o'n eistedd yno'n llipa a'i lygaid ar gau. Erbyn hyn, doedd Iwan a Siw ddim yn siŵr a oedd o wedi dweud 'sori' wrthyn nhw ai peidio.

'Dychmygu wnaethon ni,' meddai Siw.

'Ia,' cytunodd Iwan.

'Mi awn ni â fo o gwmpas y lle i gasglu arian fory,' meddai'r ddau yn fodlon.

Wedi cau drws y sied, brysiodd y ddau i'r tŷ.

Roedd hi'n berffaith ddistaw yn y sied. Gwrandawodd y model ar sŵn eu traed yn pellhau. Yna agorodd ei lygaid ac edrych o'i gwmpas.

Gwelodd y trugareddau'n gorwedd yn blith draphlith yma ac acw.

Gwelodd y ddau feic yn pwyso ar y wal.

Gwelodd y ferfa a'r peiriant torri gwair.

Gwelodd y bwced a'r rhaw.

Gwelodd y tywel yn hongian ar hoelen.

Gwelodd y pram a hen flanced wedi'i thaenu drosti.

Gwenodd y model.

Cododd ar ei draed a theimlo'i ddillad gwlyb.

Yna tynnodd ei jîns a'i grys chwys, a'u taenu dros y peiriant torri gwair i sychu. Rhwbiodd ei hun efo'r tywel nes i'w gorff pinc/oren ddechrau cynhesu. Yna lapiodd yr hen flanced yn dynn amdano'i hun ac eistedd yn gyffyrddus yn y pram.

Edrychodd ar y ddau feic, a dychmygu'i hun yn dianc ar un ohonyn nhw. Mi fyddai'n reidio'n braf ar hyd y ffordd ac yn cael gweld y byd. Gwenodd cyn swatio yn y pram. Roedd y flanced yn gynnes braf. Caeodd ei lygaid blinedig.

Cododd Iwan a Siw yn fuan fore drannoeth. Roedden nhw'n awyddus i frysio i'r sied er mwyn rhoi y model i eistedd yn y pram gydag arwydd mawr 'Cefnogwch Ambiwlans Awyr Cymru' ar ei lin. Ac ar ôl brecwast, roedden nhw am fynd o gwmpas y pentre i gasglu arian. Gwisgodd y ddau eu capiau a'u sgarffiau ac anelu am y sied.

Ond roedd y model siop wedi deffro ers meitin. Wrth lwc, roedd ei ddillad wedi sychu erbyn hyn. Gwisgodd nhw'n frysiog a sbecian wedyn drwy'r ffenest i weld a oedd yna rywun yn yr ardd. Roedd o am ddianc o'r sied cyn i Iwan a Siw ddod i chwilio amdano.

Ond yn rhy hwyr! Roedd y model ar fin agor y drws a phowlio'r beic allan pan gyrhaeddodd y ddau. Roedd sgarff rygbi gan Siw, a chap gwlân gan Iwan. Brysiodd y model i eistedd ar y sach tatws yn y gornel. Caeodd ei lygaid.

Wedi rhoi'r sgarff am ei wddf a'r cap am ei ben, llusgodd y ddau ef at y pram a cheisio'i godi i mewn iddi. Ond roedd ei goesau'n llipa ac afrosgo, a'i freichiau'n mynnu aros ar led.

Agorodd y model ei lygaid. 'Dydw i ddim eisio eistedd yn yr hen bram 'ma,' meddai.

'Rwyt ti'n medru siarad!' rhyfeddodd y ddau.

'Wel, ydw siŵr,' meddai'r model wrth godi ar ei draed. 'Cofiwch chi, roedd fy llais i braidd yn gryglyd ddoe wedi imi fod allan yn y glaw mor hir.'

'Ond model ffenest siop wyt ti,' meddai Iwan.

'A dydi'r rheiny ddim yn siarad,' meddai Siw.

'Pwy ddeudodd?' holodd y model yn siarp.

'Mam,' atebodd Siw yn wantan.

'Un o'r modelau diweddaraf ydw i,' eglurodd y model. 'Rydw i newydd ddod o'r labordy efo peiriant llais newydd sbon y tu mewn imi. Ac mae gen i enw hefyd.'

'Be ydi o?' holodd y ddau.

'Deio,' oedd yr ateb.

'Ond pam oeddet ti allan yn y glaw?' holodd Iwan.

'Mi ges i lond bol ar sefyll yn ffenest y siop a gwylio pawb yn cerdded heibio,' meddai Deio. 'Ro'n i eisio gweld y byd mawr. Ond mi ddechreuodd fwrw glaw wedi imi ddianc, ac mi ddisgynnais inna i'r ffos.'

Edrychodd y tri ar ei gilydd.

'Ga i fyw yma efo chi?' holodd Deio.

Ond cyn i'r ddau gael cyfle i ateb, clywsant lais Dad y tu allan i'r drws.

'Sssh!' rhybuddiodd Iwan a Siw.

Disgynnodd Deio'n glewt i'r llawr a chau'i lygaid.

'Dowch i gael eich brecwast ar unwaith,' gorchmynnodd Dad gan gamu i'r sied. Edrychodd ar gorff llipa Deio ar y llawr concrit. 'Ydach chi eisio help i'w roi o yn y pram?' holodd.

'Na, dim diolch,' meddai'r ddau'n frysiog.

'Brecwast, felly,' meddai Dad gan ddiflannu drwy'r drws ac anelu am y tŷ.

'Aros di yn fan'na,' meddai Iwan wrth Deio, a chychwynnodd y ddau blentyn ar ôl eu tad.

Arhosodd Deio ar y llawr concrit am eiliadau hir, gan glustfeinio ar sŵn eu traed yn pellhau. Yna cododd a sbecian drwy'r ffenest. Doedd hi ddim yn bwrw glaw, a doedd dim golwg o neb yn yr ardd. Tynnodd y cap a'r sgarff rygbi a phenderfynu mynd i weld y byd ar ei ben ei hun.

Edrychodd ar feic Iwan. Roedd o wedi gwylio pobl yn reidio beic heibio ffenest y siop, ac wedi dyheu am gael reidio un ei hun. Gwenodd. Dyma ei gyfle!

Gafaelodd ym meic Iwan. Agorodd y drws yn ddistaw a sleifio'n llechwraidd i lawr y llwybr a thrwy giât fach yr ardd.

Daeth Iwan a Siw allan o'r tŷ jest mewn pryd i weld Deio'n sleifio drwy'r giât efo'r beic.

'Aros!' galwodd Siw arno.

Rhedodd y ddau i lawr llwybr yr ardd a thrwy'r giât ar ei ôl. Ond erbyn hyn roedd Deio wedi neidio ar gefn y beic ac yn diflannu yn y pellter.

'Mae o wedi dianc!' meddai Iwan gan sglefrio i'w unfan yn stond.

'A ninnau wedi'i achub wrth ei dynnu o'r ffos,' meddai Siw yn siomedig.

Edrychodd y ddau ar ei gilydd.

'Ar ei ôl!' meddai Iwan. 'Deio! Aros!' gwaeddodd ar dop ei lais.

Ond doedd Deio ddim yn gwrando. Roedd o'n rhy brysur yn ceisio llywio'r beic a phedlo'n gyflym 'run pryd. Ond doedd o 'rioed wedi reidio beic o'r blaen, ac roedd y beic yn igam-ogamu'n simsan ar hyd y ffordd. Cyrhaeddodd bont dros y rheilffordd.

Roedd trên yn agosáu. Ceisiodd Deio edrych ar y trên, a llywio, a phedlo 'run pryd. Ond methodd. A'r eiliad nesaf roedd o wedi taro canllaw y bont, ac wedi hedfan fel jet drwy'r awyr a disgyn yn glewt i mewn i un o'r tryciau cludo nwyddau oddi tanodd.

Cyrhaeddodd Iwan a Siw ar ras jest fel roedd y trên a'r tryciau a Deio'n diflannu i gyfeiriad yr orsaf.

'Ooo!' llefodd Deio.

Roedd ei ben yn brifo, a'i gefn yn brifo, a'i goesau'n brifo. A gwaeth fyth, roedd y tryciau'n taro clync-di-clync yn erbyn ei gilydd nes bod ei glustiau yntau'n clecian. Roedd o'n difaru dwyn y beic a cheisio dianc.

'O! Be wna i?' llefodd.

Rhedodd Iwan a Siw i gyfeiriad yr orsaf. Roedd yn rhaid iddyn nhw gyrraedd cyn i'r trên adael.

Ond roedd y gyrrwr wedi amau bod rhywun wedi neidio i mewn i un o'r tryciau ac yn bwriadu teithio heb ganiatâd. Wedi iddo stopio'r trên, neidiodd o'i gaban a brysio at y tryc.

'Teithio heb ganiatâd, ia,' meddai'n chwyrn gan afael ym mraich Deio druan a'i dynnu o'r tryc.

'Rhag cywilydd iti,' dwrdiodd. 'Meddwl y buaset ti'n cael teithio heb dalu oeddet ti, yntê?'

'Nage, wir. Plîs gwrandewch arna i. Disgyn oddi ar y beic wnes i wrth groesi'r bont.'

'Esgus tila ydi stori fel'na,' dwrdiodd y gyrrwr yn chwyrn. 'Rhaid imi alw'r heddlu ar unwaith.'

Arweiniodd Deio at fainc ger drws y swyddfa.

'Eistedda di yn fan'na tra bydda i'n ffonio,' gorchmynnodd. 'A phaid â meiddio symud.'

Eisteddodd Deio yno'n ddigalon. Roedd ei du mewn yn crynu wrth feddwl am yr hyn a ddigwyddai iddo wedi i'r heddlu gyrraedd. Tybed a fyddai'n rhaid iddo fynd i'r carchar?

Cyrhaeddodd Iwan a Siw yr orsaf.

'Dacw fo,' meddai Siw wrth weld Deio'n eistedd yn ddigalon ar y fainc.

Rhedodd y ddau tuag ato. Ond roedd Deio wedi gweld beic yr orsaf-feistr ar y platfform. Neidiodd ar ei draed. Doedd o ddim am aros i'r heddlu gyrraedd, nac Iwan a Siw chwaith. A chyn pen chwinciad chwannen, roedd o wedi neidio ar y beic ac yn pedlo'n wyllt allan o'r orsaf.

'Hei!' gwaeddodd gyrrwr y trên ar ei ôl.

'HEI!' gwaeddodd yr orsaf-feistr yn uwch fyth, wrth weld ei feic newydd sbon yn diflannu rownd y gornel.

'O diar!' meddai Iwan a Siw.

Rhedodd y ddau allan i'r stryd. Rhedodd gyrrwr y trên a'r orsaf-feistr i'r stryd hefyd. Roedden nhw i gyd eisio dal Deio.

'Welsoch chi rywun yn reidio beic?' holodd

Iwan a Siw wrth weld dyn yn eistedd ar y palmant, a chi bach yn crynu wrth ei ochr.

'Do!' dwrdiodd Wilff Huws gan chwifio'i fraich mewn tymer. 'Mae o wedi gwasgu cynffon Horas druan yn sitrach.'

'Roedd o'n ceisio teithio heb dalu,' meddai gyrrwr y trên.

'Ac mae o wedi dwyn fy meic newydd sbon i,' meddai'r orsaf-feistr.

'Ac wedi dianc o'n sied ni,' meddai Iwan a Siw yn ddistaw bach gan ofalu nad oedd neb yn eu clywed.

Rhedodd pawb yn eu blaenau.

Pedlodd Deio fel 'randros i lawr y stryd ac allan i'r wlad. Plygodd ei ben dros y llyw, a chwyrlïo'i goesau fel melin wynt ar y pedalau. Chwipiai'r gwynt heibio'i glustiau.

'Rydw i'n un ardderchog am reidio beic,' meddai wrtho'i hun, wedi anghofio'n llwyr ei fod wedi disgyn dros ganllaw'r bont gynnau.

Ond . . .

Swniodd corn yn y pellter. Roedd fan bost Parri Postmon yn agosáu. Roedd wedi cael pynctiar yn y teiar cyn cychwyn ar ei rownd, a bellach roedd o'n hwyr yn dosbarthu'r llythyrau. Pwysai Parri'n drwm ar y sbardun.

'Ooo!' gwaeddodd Deio wrth weld y fan goch yn dod rownd y tro ac yn anelu'n syth amdano.

'O'r ffordd!' gwaeddodd Parri Postman gan frêcio'n wyllt.

'Ooo!'

Ceisiodd Deio lywio am ochr y ffordd. Ond roedd o wedi dychryn gormod i lywio'n iawn. Dechreuodd y beic igam-ogamu i'r chwith ac i'r dde, ac yma ac acw, yna anelodd am giât agored i mewn i'r cae gerllaw.

Saethodd y beic drwyddi, saethodd ar draws y cae, yna saethodd drwy giât arall i gae newydd ei aredig. Saethodd bymp-di-bymp ar ei draws a'r pridd yn codi'n gwmwl y tu ôl iddo. Saethodd heibio i Ffarmwr Tomos, a'i dractor a'i drelar, oedd ar eu ffordd i'r buarth.

'Nefi bliw! Beth oedd hwnna?' meddai Ffarmwr Tomos yn syn wrth weld y beic yn rhuthro heibio a rhywun pinc/oren ar ei sedd.

Rhythodd Ffarmwr Tomos ar ôl y beic a Deio, yna trodd i syllu y tu ôl iddo.

Gwelodd ribidirês o bobl yn rhedeg tuag ato.

Gwelodd Wilff Huws a Horas y ci,
gwelodd Parri Postmon,
ac Iwan a Siw yn rasio y tu ôl iddo.
a gyrrwr y trên yn dod ar ras,
a'r orsaf-feistr yn ei ddilyn.

Rhwbiodd Ffarmwr Tomos ei ben yn ddryslyd. Welodd o 'rioed gymaint o ddigwyddiadau rhyfedd ar ei fferm! Cyflymodd ei dractor ac anelu i gyfeiriad y buarth.

Saethodd y beic i'r buarth fel ergyd o wn. Ac o diar! Fedrai Deio mo'i stopio. Cododd ei draed oddi ar y pedlau i geisio arafu'r beic, a cheisiodd neidio oddi arno. Ond, er ei waethaf, anelodd y beic yn syth am y cwt lle'r oedd moch Ffarmwr Tomos yn cysgu'n braf.

Trawodd y beic newydd sbon yn y wal, a chwympodd Deio dros y llyw. Hedfanodd i gyfeiriad y cwt, ei freichiau a'i goesau ar led, a glanio yng nghanol y moch cysglyd.

'Soch! Soch!' rhochiodd y rheiny a gwasgaru i bob cyfeiriad mewn ofn.

'Oooo!' cwynodd Deio wrth ddisgyn ar gefn un mochyn, a rowlio wedyn o gefn un i gefn un arall nes iddo o'r diwedd ddisgyn fel lleden i'r llawr.

'So-o-och!' rhochiodd y moch eto gan wneud cylch o'i gwmpas a syllu'n syn ar y swp rhyfedd oedd wedi saethu drwy ddrws y cwt a disgyn i'w canol.

'Help!' gwaeddodd Deio wrth weld sawl pâr o

lygaid yn syllu'n hurt arno, a sawl troed yn symud yn ôl ac ymlaen ger ei drwyn wrth i'r moch geisio gweld y ffigur pinc/oren rhyfedd.

Doedd Deio 'rioed wedi gweld moch o'r blaen. Tybed ai bwystfilod gwyllt oedden nhw? Roedd ganddynt gegau mawr a dannedd miniog! Oedden nhw am ei fwyta?

Neidiodd ar ei draed ac anelu am y drws. Cyrhaeddodd Ffarmwr Tomos a gweld Deio'n dod allan.

'Lleidr!' gwaeddodd ar ei wraig. 'Ffonia'r heddlu ar unwaith. Mae o'n trio dwyn fy moch gorau i.'

Cyrhaeddodd pawb arall ar ras.

'Mae o wedi gwasgu cynffon Horas druan yn sitrach,' meddai Wilff Huws.

'A bron wedi achosi damwain i'r fan bost,' meddai Parri Postmon.

'Ac wedi teithio mewn cerbyd heb ganiatâd,' meddai gyrrwr y trên.

'Ac wedi dwyn fy meic newydd sbon innau,' meddai'r orsaf-feistr.

Ddywedodd Iwan a Siw 'run gair.

'Ooo!' meddai Deio wrth glywed yr holl

helynt. Trodd a rhedeg nerth ei draed o'r buarth. Anelodd yn ôl am y cae.

'Daliwch o!' gwaeddodd pawb.

Ond roedd Deio'n benderfynol o ddianc. Rhedodd ar draws y cae, ar hyd y ffordd, drwy giât yr ardd, a'r holl ffordd i'r sied. Caeodd y drws yn dynn ar ei ôl a chwympo'n ddiolchgar ar y sach tatws yn y gornel.

Roedd pawb yn dweud y drefn a beio'i gilydd yn y buarth. Pawb ond Iwan a Siw. Roedden nhw wedi gadael Wilff Huws a Horas, a Parri Postmon, a'r gyrrwr trên, a'r orsaf-feistr, a Ffarmwr Tomos yn dadlau ar fuarth y fferm. Rhedodd y ddau i gyfeiriad y ffordd a'r bont.

Gwelodd Iwan ei feic wrth y canllaw. Roedd tolc anferth yn y ffrâm. Powliodd ef am adre.

'O diar!' meddai wrth feddwl am Dad yn dweud y drefn.

Cyrhaeddodd y ddau y sied ac agor y drws.

'Dydw i byth am geisio dianc eto,' meddai Deio bron â chrio.

'Rwyt ti wedi achosi trafferth ofnadwy,' dwrdiodd Iwan a Siw.

'Ac yli'r tolc yn ffrâm fy meic i,' dwrdiodd Iwan.

'Sori,' meddai Deio.

'Be wnawn ni rŵan?' holodd Iwan a Siw.

Beth pe bai'r heddlu yn chwilio am y rasiwr beic –

a Wilff Huws a Horas y ci,

a'r gyrrwr trên,

a'r orsaf-feistr,

a Parri Postmon,

a Ffarmwr Tomos?

Mi fyddai ar ben ar Deio.

'Rhaid iti fynd yn ôl i'r siop,' penderfynodd Iwan.

'Ond sut? Mi fydd pawb yn chwilio amdanaf.'

'Mi wn i,' meddai Siw. 'Mi gei di eistedd yn y pram, efo sgarff rygbi am dy wddf a chap gwlân wedi'i dynnu'n isel ar dy dalcen. Mi fydd gen ti arwydd "Cefnogwch Ambiwlans Awyr Cymru" ar dy lin, ac mi fyddwn ninnau'n casglu arian at achos da wrth fynd â chdi'n ôl i'r siop.'

'Diolch,' meddai Deio'n benisel.

Eisteddodd yn y pram. Rhoddodd y sgarff am ei wddf a'r cap am ei ben. Tynnodd ef i lawr dros ei dalcen fel bod dim ond ei drwyn yn y golwg.

Swatiodd o dan y blanced a rhoi'r arwydd 'Cefnogwch Ambiwlans Awyr Cymru' ar ei lin.

Powliodd Iwan a Siw y pram i'r pentre a chychwyn i lawr y stryd.

'Cefnogwch Ambiwlans Awyr Cymru,' galwodd y ddau gan ysgwyd y bocs casglu arian.

Daeth car yr heddlu heibio. Brêciodd y plismon wrth weld y pram, a Deio'n eistedd ynddi.

'Hmm!' meddai'r Plismon. 'Mae ganddon ni ddisgrifiad manwl o gnaf pinc/oren tebyg i hwn fu'n creu hafog ar gefn beic.'

'Guto Ffowc ydi hwn,' meddai Iwan a Siw. 'Nid Guto i'w losgi ar y golecerth, ond Guto i gasglu arian tuag at Ambiwlans Awyr Cymru.'

'Hmm!' meddai'r plismon eto, yn llawn amheuaeth, gan syllu'n fanwl ar Deio.

Ysgydwodd Iwan y bocs casglu arian o dan drwyn y plismon.

'Cefnogwch Ambiwlans Awyr Cymru,' meddai.

'Gwnaf siŵr, â chroeso,' meddai'r plismon a rhoi ei law yn ei boced. 'Rhyfedd hefyd,' ychwanegodd. 'Mae'r Guto Ffowc yn y pram yn union 'run fath â'r cnaf hwnnw rydan ni'n chwilio amdano.'

Ysgydwodd ei ben yn ddryslyd, cyn mynd yn ôl i'r car a thanio'r injan.

Ebychodd Iwan a Siw a Deio'n ddiolchgar wrth wylio'r car yn diflannu i lawr y stryd.

'Mi a' i i mewn drwy ddrws y cefn,' meddai Deio wedi iddyn nhw gyrraedd y siop.

Powliodd Iwan a Siw y pram rownd y gornel, allan o olwg pawb.

'Diolch,' meddai Deio gan neidio o'r pram a'i gwadnu hi am y siop.

A phan aeth Iwan a Siw yn ôl i'r stryd, roedd yna fodel pinc/oren mewn jîns tyn a chrys chwys, a sgidiau rhwyllog am ei draed, yn sefyll yn ddiniwed yn ffenest y siop.

Cododd ei fawd a wincio'n glên arnynt!